DIARIOSSAURO
DANÇANDO NA CHUVA

Ciranda Cultural

Dados Internacionais de Catalogação na Publicação (CIP) de acordo com ISBD

O818d   Osbourne, Philip.

      Diariossauro - dançando na chuva / Philip Osbourne ; traduzido por Paula Pedro de Scheemaker ; ilustrado por Philip Osbourne. - Jandira, SP : Ciranda Cultural, 2023.
      144 p. : il. ; 13,20cm x 20,00cm.

      Título original: Jurassik diaries - Dancing in the rain
      ISBN: 978-85-380-9299-5

      1. Literatura infantil. 2. Dinossauro. 3. Pré-história. 4. Aventura. 5. Imaginação. 6. Diário. I. Scheemaker, Paula Pedro de. II. Título.

                                   CDD 028.5

2023-1060   CDU 82-93

Elaborado por Lucio Feitosa - CRB-8/8803

Índice para catálogo sistemático:
1.   Literatura infantil 028.5
2.   Literatura infantil 82-93

© 2023 Philip Osbourne
Texto: Philip Osbourne
Publicado em acordo com Plume Studio.

© 2023 desta edição
Ciranda Cultural Editora e Distribuidora ltda.
Tradução: Paula Pedro de Scheemaker
Preparação: Paloma Blanca Alves Barbieri
Revisão: Karina Barbosa dos Santos e

1ª Edição em 2022
www.cirandacultural.com.br
Todos os direitos reservados.

PHILIP OSBOURNE

DIARIOSSAURO
DANÇANDO NA CHUVA

CAPÍTULO 1
De volta para a escola!

Capítulo 1

Querido Diário,

Meu nome é Martin e cheguei por engano a Jurássika. Minha avó me esperava para o almoço, mas o ônibus que me levou para Long Island era mágico e me deixou na era pré-histórica.

Eu sei, esse é o tipo de coisa que só acontece nos filmes, nos desenhos animados e nos livros de Philip Osbourne; mas também poderia acontecer com qualquer um que caísse de paraquedas no passado. Além disso, como sou um cara muito bonito e esperto, logo me tornei o líder da cidade.

DANÇANDO NA CHUVA

— Martin, ou você inventa uma equipe de limpeza ou você mesmo tem que limpar a classe onde dá aula! — o diretor Parvi, que é o menor dinossauro da história, imediatamente me repreende. Ele é baixinho, mas sabe muito bem como demonstrar seu poder.

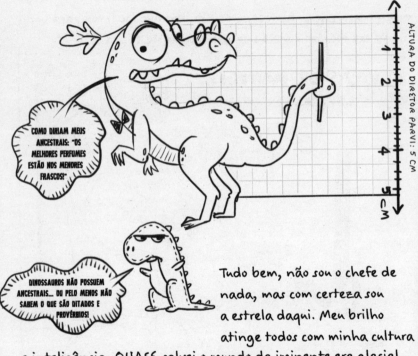

Tudo bem, não sou o chefe de nada, mas com certeza sou a estrela daqui. Meu brilho atinge todos com minha cultura e inteligência. QUASE salvei o mundo da iminente era glacial. Eu teria salvado os dinossauros da extinção facilmente, mas, em vez disso, eu os salvei... de nada. Porém, o que vale são as boas intenções, certo?

Agora, salvarei meus amigos dos meteoritos e dos sinistros, um grupo de baderneiros implacáveis liderados por um T-rex chamado Senhor Não e pelos três valentões da minha antiga

CAPÍTULO UM

escola, que tomaram o mesmo ônibus mágico que eu. Eva, Mike e Adam são três pessoas tão confiáveis quanto um caminhão desgovernado dirigido por um motorista novato.

VALENTÕES SÃO SEMPRE INDESEJÁVEIS...

ATÉ NOS TEMPOS PRÉ-HISTÓRICOS!

ATENÇÃO: MARTIN VAI ENGANAR TODOS AQUELES DE QUEM ELE NÃO GOSTA COM SUAS INVENÇÕES!

DANÇANDO NA CHUVA

Desta vez, vou salvar os dinossauros da extinção. Logo, logo os meteoritos cairão do céu e destruirão tudo. Estou preocupado...

CAPÍTULO UM

Convoquei meus alunos e amigos de Jurássika. Tentarei me manter calmo e sereno. Tudo o que tenho a dizer é que muito em breve todos serão esmagados por enormes rochas alienígenas, e os dinossauros não serão nada além de fósseis. Claro, usarei as palavras adequadas; direi que tenho uma boa e uma má notícia. A má notícia é que os ornitorrincos, e não os dinossauros, serão os sobreviventes do planeta. A boa notícia é que os museus mais importantes do mundo estarão repletos de esqueletos de dinossauros. Além disso, os dinossauros se tornarão um negócio milionário. Alguém já ouviu falar de um filme chamado "O parque dos ornitorrincos", por acaso?

DANÇANDO NA CHUVA

Será que só tenho más notícias para dar? Peço que sentem em suas carteiras e me deixem pensar um pouco no que vou dizer sem deixá-los tristes.

Quando todos sentam em seus lugares, eu me aproximo da lousa e, com minha sabedoria, digo:

— Pessoal, agora vou explicar em detalhes o que acontecerá com cada um de vocês. Despeçam-se de seus entes queridos. O mundo vai acabar!

Será que fui muito duro?

TODOS SERÃO EXTINTOS!

CAPÍTULO UM

— O que está acontecendo? — Waldo, meu amigo Estegossauro, que acredita que pode voar, pergunta assustado.

DINOSSAUROS FICAM FACILMENTE ASSUSTADOS!

ACHO ATÉ QUE ELES EXAGERAM UM POUCO!

— Não estou com medo... Mas não quero estar aqui quando isso acontecer! — exclama Rapto, o Velocirraptor mais engraçado e cômico da história. A classe inteira dá uma supergargalhada.

HAHAHAHAHAHA

Ele é famoso por seus espetáculos. Trisha, que quer governar a cidade de Jurássika, entra e diz:
— Rapto, você é tão original! Exatamente como todo mundo!

BEM, OS TRICERÁTOPOS SÃO CONHECIDOS POR SUA INDELICADEZA!

Ela simplesmente não consegue fazer um único elogio.

DANÇANDO NA CHUVA

A maioria dos alunos da minha classe sai, e eu pergunto a Lloyd, o melhor e mais esperto T-rex de Jurássika, cujo sonho é ser cantor, para onde todos estão indo.

— Eles só vão andar por aí — Lloyd responde.

— Mas os alunos só podem sair para ir ao banheiro! — retruco, bem irritado.

— Ninguém aqui inventou os banheiros ainda! — meu amigo explica.

CAPÍTULO UM

Mando todos se calarem e

penso que já é hora de uma grande

INVENÇÃO!

O mundo precisa da minha sabedoria. Está na hora de inventar o banheiro e o papel higiênico. Infelizmente, quando desenhei um banheiro na lousa e perguntei a Waldo se ele havia entendido sua utilidade, o Estegossauro respondeu:
— Isso é fácil, a gente coloca a comida no banheiro e faz uma múmia com o papel higiênico.

É O RACIOCÍNIO DE WALDO!

CAPÍTULO UM

DANÇANDO NA CHUVA

Como sempre acontece quando Rapto fala, todo mundo ri. Eu também acho graça nas piadas do pequeno comediante e me aproximo da lousa novamente. Desenho uma garrafa, um funil e tento explicar a todos a diferença entre os objetos.

— Vocês usam o funil para encher as garrafas com água e para depois beber! Fácil assim!

Porém, ninguém entende nada, e quando Trisha me pergunta: "Você guarda o funil no banheiro?", acabo me dando conta de que minhas aulas não estão sendo muito úteis. Talvez eu tenha de me concentrar no meu plano de salvá-los da extinção.

CAPÍTULO UM

Acho que entendo como alguns de meus ilustres colegas, como Leonardo da Vinci ou Albert Einstein, se sentiram. Somente eles poderiam me compreender. Quem sabe eu pudesse ter inventado com eles milhões de coisas bacanas. Por exemplo...

VOCÊ QUER SABER?
VIRE A PÁGINA!

DANÇANDO NA CHUVA

Os três gênios da humanidade

CAPÍTULO UM

Primeira invenção que criamos:

A bola quadrada...

PARA SE JOGAR EM UM CAMPO REDONDO!

Não me pergunte para que isso serviria, mas uma bola quadrada evitaria que ela fosse cabeceada. Eu odeio cabecear!

P.S.: INVENÇÃO INÚTIL?

DANÇANDO NA CHUVA

Nossa segunda invenção seria:

O navio de piratas... da internet!

Quem se importa com piratas empunhando espadas? São muito violentos! Coisas da era paleolítica. Poderíamos inventar navios lotados de piratas cibernéticos...

Assim, a Disney poderia produzir um novo filme chamado O pirata cibernético do Caribe!

CAPÍTULO UM

Nossa terceira invenção:

O fogo frio... para não aquecer nada!

Agora, querido Diário, você sabe tudo sobre meu talento inexplorado. Mas sei que quer conhecer também o meu plano para salvar o mundo dos meteoritos... Veja, vou contar pra você, assim como para todos os dinossauros, durante minha primeira Convenção Apple de Meteorito. Sobre o que estou falando? Digo agora mesmo.

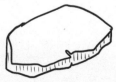

DANÇANDO NA CHUVA

Querido Diário,
Desenvolvi com perfeição o meu plano, que, aliás, é muito simples. Construiremos espaçonaves, voaremos a bordo delas até o céu e explodiremos os meteoritos antes que eles atinjam o solo.

Uau!

Um plano digno do melhor episódio da série Star Wars; pena que não possuo a tecnologia para colocá-lo em prática, embora eu tivesse adorado voar até o espaço e lutar contra os alienígenas ridículos que Osbourne teria criado para essa ocasião. Não se preocupe, tenho outra ideia em mente... Mas não revelarei agora para meus alunos. Quero, literalmente, que todos de Jurássika estejam lá. Gosto de surpreendê-los e o farei em minha primeira Convenção Mundial Apple de Meteorito. Vou me vestir como Steve Jobs e, assim como ele, encantarei o mundo com minhas últimas invenções. Já tenho até um discurso em mente que levará os Pterodáctilos às lágrimas; e olha que eles nem gostam de chorar.

CAPÍTULO UM

EU SOU MARTIN OU STEVE JOBS?

Assim como o inventor do iPhone, iPad e do iMac, eu vou inventar um grande aplicativo: "SALVEM-SE!"

DANÇANDO NA CHUVA

"Às vezes a vida te bate com um tijolo na cabeça. Não perca a fé. Estou convencido de que a única coisa que me fez continuar foi que eu amava o que eu fazia. Você precisa encontrar o que você ama. E isso vale para o seu trabalho e para seus amores. Seu trabalho irá tomar uma grande parte da sua vida, e o único meio de ficar satisfeito é fazer o que você acredita ser um grande trabalho. E o único meio de fazer um grande trabalho é amando o que você faz. Caso você ainda não tenha encontrado o que gosta de fazer, continue procurando. Não pare. Assim como todos os

CAPÍTULO UM

problemas do coração, você saberá quando encontrar. E, como em qualquer relacionamento longo, só fica melhor e melhor ao longo dos anos. Por isso, continue procurando até encontrar, não pare."

NUNCA PARE DE PROCURAR! E ASSIM QUE ENCONTRAR O QUE PROCURA. FAÇA UMA NOVA BUSCA. MAS SE ESTÁ PENSANDO EM PARAR DE PROCURAR. ENTÃO... AH. SEI LÁ. ESTOU PERDIDO!

Eu sei, Steve Jobs disse essas mesmas palavras; ainda assim, este será meu discurso em minha primeira convenção. Apresentarei meu plano GENIAL e revelarei os detalhes. Vou construir uma megatela, pois farei tudo em grande escala. Salvarei o mundo dos meteoritos e, principalmente, da ignorância. A convenção me permitirá apresentar aos dinossauros minhas ideias sobre extinção. Preciso promover o evento da melhor forma possível. Estou divagando ... Mas volto à realidade quando ouço os gritos desesperados de Waldo.

DANÇANDO NA CHUVA

O que está acontecendo?
Definitivamente, ele não está cantando. Lloyd costuma estourar nossos tímpanos com sua voz.
— Socorro! — meu amigo continua a gritar. Estou sozinho na sala de aula e ouço os gritos vindos do corredor. Saio feito louco e nem reparo em um pequeno grande detalhe: a porta!
— Aaaaiiii!
A porta estava tão limpinha que parecia aberta. Fiquei com cara de toupeira desajeitada sem rumo.

CAPÍTULO UM

Abro a porta, completamente sem fôlego. Vocês sabem, não sou exatamente um atleta. Encontro Waldo e fico surpreso ao vê-lo num canto. Ele está triste e com medo.
— Ei, camarada... O que aconteceu?
— É o Senhor Não!
Aquele maldito T-rex valentão de novo. Quando ouço o nome dele, meu estômago fica embrulhado. Sinto como se alguém me obrigasse a comer toneladas e toneladas de hambúrgueres.

DANÇANDO NA CHUVA

– O que ele fez com você?

– Comigo, nada, foi com Lloyd! – Waldo esclarece imediatamente.

– O que aquele monstro fez com nosso grande cantor? – pergunto. Estou preocupado! Conheço muito bem esses valentões... São capazes de qualquer coisa. Waldo soluça e não tem fôlego para falar. Ele toma alguns segundos para se recuperar e, em seguida, continua sua narrativa.

– O Senhor Não e seus capangas o sequestraram!

– Nãããooo!

– Nãããooo!

– Nãããooo!

DANÇANDO NA CHUVA

Eu resmungo e xingo aquele T-rex do mal;
ele e sua gangue de bandidos.
— Para onde o levaram?
— Eu não sei... Mas o Senhor Não me pediu
para entregar estes envelopes.
Waldo continua nervoso e suas patas tremem.
Adam, Eva, Mike e o Senhor Não continuam
agindo como verdadeiros covardes que precisam
se proteger atrás de um pedaço de papel. Por
que eles não buscam o diálogo? Talvez porque o
diálogo confirmaria a total ignorância deles?
— Os valentões de sempre — eu digo, antes de
pegar os envelopes.
E por que duas cartas? Não poderiam escrever tudo
em uma só folha de papel? Ou será que prepararam
duas mensagens diferentes? Abro o envelope que
contém o número "1" escrito. Estou curioso. Eles
até numeraram as cartas. Agradeço o esforço!
Waldo está mais impaciente do que eu e me
pergunta:
— O que eles escreveram?

CAPÍTULO UM

Eu reconheço a caligrafia de Eva e leio:
— Não sabemoz escrever corretamente. Então, leia a outrra carta.
Mistério revelado! Os sinistros são apenas pessoas ignorantes que nem ao menos aprenderam a escrever.

DANÇANDO NA CHUVA

Abro o segundo envelope e vejo um desenho horroroso com uma ameaça. Eles também são péssimos para desenhar. Os sinistros são ignorantes, mas até que sabem se comunicar. Se estivéssemos no século XXI, talvez eles se dessem bem nas redes sociais. Talvez!

Virei a folha e vi o que não queria. Os valentões desenharam o lugar para onde pretendem levar nosso amigo Lloyd.

CAPÍTULO UM

ELES ACHAM QUE NÃO POSSO SALVAR MEU AMIGO?

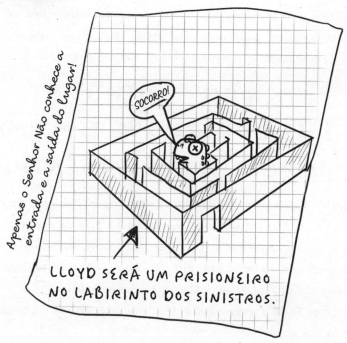

LLOYD SERÁ UM PRISIONEIRO NO LABIRINTO DOS SINISTROS.

Olho para Waldo e, com um gesto de mão, peço que se levante.
— Vamos, parceiro. Temos que chamar os outros e trazer nosso amigo Lloyd de volta.
— Mas os sinistros estão em maior número, e a maioria daqueles maldosos é de valentões e Tiranossauros. Como poderemos alcançá-los? Se levarem Lloyd ao labirinto deles, estaremos ferrados! Ninguém nunca foi capaz

DANÇANDO NA CHUVA

de sair de lá!
Apenas o Senhor Não sabe onde é a entrada e a saída daquele lugar horrível! Dizem até que quem construiu aquela arapuca ainda está vagando por lá, desesperado, tentando sair e voltar para o mundo real. Martin, aquele labirinto é um quebra-cabeça que ninguém consegue resolver, nem mesmo...
— Nem mesmo meu amigo Phil, o Nerd — digo.

PHIL, O NERD?
ESSE É OUTRO QUE TEM UMA IMAGINAÇÃO BEM FÉRTIL!

Waldo e eu saímos da escola e encontramos Trisha e Rapto no caminho. Devo dizer que Trisha não é o tipo de dinossauro que consegue conter as emoções: assim que fica sabendo do sequestro e do labirinto, ela começa a gritar desesperada. Somente depois de se acalmar, consegue falar.
— Se eu fosse a governante deste mundo, obrigaria todos a estudar gramática.

CAPÍTULO UM

– Mas o que isso tem a ver com Lloyd? – Rapto pergunta.
– Estou me referindo às mensagens, com todas aquelas palavras erradas. Foi isso que me fez gritar.
Todos rimos. Ela é mesmo um dinossauro muito engraçado.
Waldo tenta ser proativo e propõe:
– Talvez devêssemos armar uma emboscada pelos ares... Assim eu posso voar sobre o labirinto com uma equipe de Pterodáctilos.

O SONHO DE WALDO!

(PORQUE, COMO DIZIA JIM MORRISON: "TODOS TEMOS ASAS, MAS APENAS QUEM SONHA APRENDERÁ A VOAR".)

DANÇANDO NA CHUVA

Nós rimos porque Waldo está sempre procurando um jeito de voar, mas ele não tem asas, e seu corpo rechonchudo nem permitiria esse milagre da natureza. Rapto balança a cabeça. Talvez esteja pensando nos sinistros... E na ignorância deles. Por fim, ele fala:

— Quando o Senhor Não era criança, ele perguntou ao seu pai: "Papai, você compra um dicionário para mim?". Sabem o que o bicho respondeu? "Para quê? Você vai andando para a escola!"

Que engraçado! Rapto sempre vê o lado cômico da situação e isso faz dele um dinossauro especial.

CAPÍTULO UM

— Tenho um plano, caso contrário, como você poderia me considerar um ser "quase divino"? Sei como libertar nosso amigo Lloyd, pois aprendi muita coisa na escola.
Waldo sorri, e até o jeito amedrontado de Trisha desaparece. Rapto mantém o olhar estático no céu, como se estivesse refletindo sobre minha infinita inteligência.
— Vamos lá, conte a sua ideia — Waldo pede.
Eu limpo a garganta. Com ar de professor, explico:
— Amigos, tudo o que precisam saber agora é que seremos bem-sucedidos graças à ovelha.

CAPÍTULO 2
As ovelhas... Bééé...

Capítulo 2

Querido Diário,

Chamo todos os meus amigos próximos. Quero agir como um legítimo professor e me coloco diante da lousa. Eles pensam que farei perguntas, mas, ao contrário, vou explicar meu plano para salvar Lloyd. Antes de eu começar a falar, Rapto levanta a pata. Parece ansioso para ser ouvido. Não entendo por que ele está tão eufórico!

— Precisa ir ao banheiro?

Rapto balança a cabeça. Ele pensa por alguns segundos e sua voz explode como um rojão:

— Tenho uma informação!

— O que é tão importante agora? Temos de nos apressar se quisermos salvar Lloyd.

— Ouvi de um sinistro que Adam, Mike e Eva irão amanhã para o vale de Godot, até o ponto onde o ônibus mágico parou e você desceu.

Outro problema à vista... Aperto os lábios com raiva e fico revoltado.

— Não precisávamos de mais esse transtorno. Não creio que os valentões queiram voltar ao presente. Certamente estão tramando um plano contra nós... Como podemos descobrir o que eles têm em mente?

DANÇANDO NA CHUVA

Waldo dá um passo à frente e conta a ideia que teve.

— Posso segui-los, sou um ótimo detetive e adoro usar disfarces.

Trisha também quer se mostrar útil. Ela se levanta e explica sua ideia.

— Se Waldo vai seguir os valentões, ajudarei a procurar a ovelha.

— E quanto a mim? — pergunta Rapto.

Volto para perto da lousa e, antes de iniciarmos a operação, explico a todos o meu plano para salvar Lloyd.

Desenho um labirinto na lousa e tento acalmar os ânimos dos meus amigos que me encaram com olhos arregalados.

AMO ME FANTASIAR! NINGUÉM ME RECONHECERIA COM UM DISFARCE DE PÁSSARO!

— Este é o labirinto de Cnossos. De acordo com a mitologia grega, foi construído pelo rei Minos, na ilha de Creta, para prender o monstro Minotauro, nascido da união da esposa do rei, Pasífae, com um touro branco que Poseidon havia dado a Minos.

CAPÍTULO DOIS

O labirinto era um emaranhado de ruas, câmaras e túneis construído por Dédalo e seu filho Ícaro, que, ao concluírem a obra, também ficaram presos dentro dela. Assim, Dédalo construiu asas, que foram fixadas com cera em suas costas e nas do filho, para ambos saírem de lá.

TODO LABIRINTO TEM UMA SAÍDA

Androgeu, filho de Minos, foi assassinado pelos atenienses, que se sentiram desonrados por ele ter vencido todas as provas dos jogos panatenaicos, precursores dos atuais jogos olímpicos do mundo. Angustiado, Minos exigiu vingança. Decidiu que o governador de Atenas deveria mandar para Creta catorze crianças atenienses, sendo sete meninos e sete meninas, a cada nove anos, para serem sacrificadas por Minotauro, devorador de carne humana.

EU SEI, A MITOLOGIA É CRUEL E ASSUSTADORA!

CAPÍTULO DOIS

Mas Tesen, o filho herói do rei Egen de Atenas, entrou em cena e se ofereceu para matar o monstro. Ariadne, filha de Minos e Pasífae, apaixonou-se pelo jovem assim que ele chegou a Creta e o ajudou a encontrar a saída do labirinto. Ariadne entregou a Tesen um novelo de linha vermelha para que fosse desenrolado desde a entrada do labirinto, permitindo que o herói retornasse pelo mesmo caminho.

NOVELO DE LINHA = SOLUÇÃO

Que MINOTAURO desagradável!

DANÇANDO NA CHUVA

Enfim, Teseu confrontou Minotauro, acabou com ele e levou as crianças atenienses para fora do labirinto, e tudo graças ao novelo dado por Ariadne, que ele desenrolou desde a entrada ao longo do caminho.
Rapto começa a dançar, feliz e empolgado.
— Legal, Martin! Agora eu entendo por que você precisa de uma ovelha... Você quer fazer um novelo de lã! Isso é brilhante! Vai nos ajudar a achar a saída do labirinto.

CAPÍTULO DOIS

— Bravo! — eu exclamo. — No final das contas, não existe labirinto do qual não se possa sair. Enquanto vocês perseguem os valentões, Trisha e eu buscaremos meios de tosar ovelhas pré-históricas para fazer grandes bolas de lã.
Eu me adoro quando penso como um gênio! E isso significa que sempre me adoro!

SE MARTIN FOSSE TESEU!

OBSERVAÇÃO MITOLÓGICA:

**TESEU, FILHO DE EGEU, DIZ A ARIADNE:
— MATAREI O MONSTRO MINOTAURO E DEPOIS PARTIREMOS DA ILHA DE CRETA.**

SERÁ QUE MARTIN É TÃO CORAJOSO QUANTO TESEU? DEIXA ESSA PERGUNTA PRA LÁ!

MARTIN... NARCISISTA...

CAPÍTULO DOIS

Trisha está segurando um machado e, com um sorriso assustador, diz:
— Estou pronta para pegar um pouco de lã!
Eu me assusto e recuo alguns passos.
— Trisha — eu a repreendo —, com isso aí corremos o risco de matar a ovelha. Talvez seja a hora de eu inventar a tesoura.
— O que é isso? — Rapto me pergunta, amedrontado. Observo suas longas unhas e percebo que talvez ele precise de uma tesoura para sua higiene pessoal. A cada dia que passa, fico mais e mais convencido de que os dinossauros se tornaram extintos porque não gostavam de fazer sua higiene pessoal.

DANÇANDO NA CHUVA

Eu deveria mesmo inventar as tesouras... Melhor eu anotar. Farei isso assim que salvar o mundo de novo. Escreverei as razões por que deveria inventar as tesouras. Não riam da minha ideia; por acaso, já viram uma casa sem tesouras?

COM UMA TESOURA, VOCÊ PODE...

CORTAR A PIZZA!

EU SEI QUE AS FACAS SÃO MAIS INDICADAS PARA ISSO...

POR QUE VOCÊ CORTOU A PIZZA SE VAI COMÊ-LA INTEIRA?

COM UMA TESOURA, VOCÊ PODE ...

CORTAR UM RELACIONAMENTO!

SE VOCÊ VEIO COM UMA TESOURA PARA ROMPER NOSSO RELACIONAMENTO, HÁ ALGO MUITO ERRADO COM VOCÊ, MARTIN.

CORTAR UM DISCURSO CHATO.

BLÁ BLÁ BLÁ BLÁ BLÁ BLÁ BLÁ BLÁ BLÁ BLÁ BLÁ BLÁ BLÁ BLÁ BLÁ BLÁ BLÁ

O professo fala demais.

CAPÍTULO DOIS

É evidente que este mundo precisa da minha contribuição.
Mas agora não é hora para teorias, e sim para ações.
Caminhamos com Trisha até um campo onde ficam os
Pterodáctilos. Primeiro eles borrifam água em nós, se é que
é água mesmo, e depois nos indicam um lugar onde pode
haver dezenas de ovelhas.
Mas, como você já sabe, os Pterodáctilos falam um idioma
incompreensível.
Sou o único que os entende e, considerando os diversos
dons que possuo, inclusive falar qualquer língua, digo:
— Mostrem-me um vale onde pastam dezenas de ovelhas.
Ptero responde para mim:
— Sk if kxfas asoklka jf a!
Entendido!
Eu traduzo "quase" tudo; na realidade, algo não está
bem claro. Entendo que devemos ir em direção ao norte
da cidade de Jurássika.

TRÊS HORAS DEPOIS!

Mas... Não há uma ovelha sequer pastando aqui.

BÉÉ!

— Você ouviu esse barulho? — pergunta Trisha.
— Sim! É um balido! — exclamo, feliz. — Pterodáctilos
nunca se enganam!

DANÇANDO NA CHUVA

CAPÍTULO DOIS

DANÇANDO NA CHUVA

Minha amiga Trisha comemora como uma criança. Talvez seja porque ela é uma criança?!
— Eba! Está sendo mais fácil do que esperávamos!
— Vamos correr até as montanhas... O som vem daquela direção!
— Como pegaremos a lã?
Sua pergunta é inteligente. Eu deveria ter inventado a tesoura para tosar a ovelha!
— Mas primeiro, vamos achar a ovelha... Depois, minha inteligência vai cuidar do resto!
Temos de achar a ovelha e depois, como meu cérebro trabalha igualzinho a cem computadores Apple de última geração, pensarei em uma solução.
Os balidos vêm da direita, atrás das árvores.
Conforme vamos nos aproximando, o barulho aumenta.

BÉÉÉ!!

BÉÉÉ!!

BÉÉÉ!!

— Estamos quase chegando! — Trisha comemora, radiante.
— Vamos tosar todas as ovelhas para fazermos uma enorme bola de lã. Assim poderemos salvar nosso amigo Lloyd.

CAPÍTULO DOIS

Minha amiga ouve um som farfalhante e vê um pequeno meteorito cair não muito longe de nós, atingindo a cabeça de um Brontossauro que estava passando por ali. Sim, essas coisas acontecem na pré-história!
Desejamos o melhor para o Brontossauro e continuamos nossa busca pela ovelha.
Não temos tempo a perder.

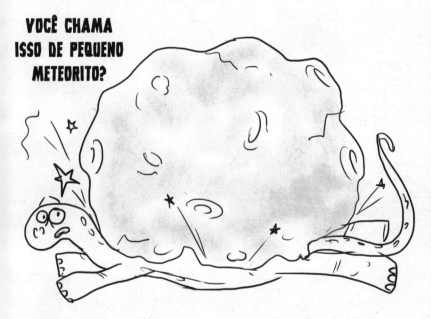

VOCÊ CHAMA ISSO DE PEQUENO METEORITO?

Nós atravessamos a floresta e... Ops, há um pequeno problema.
Você está curioso para saber qual é?
Achamos uma ovelha; uma ovelha gigantesca, na verdade. É uma Ovelhassauro!
SOCORRO! Ela é extremamente assustadora!

DANÇANDO NA CHUVA

— Por acaso, existe algo na pré-história que não seja gigantesco? — penso em voz alta.
— Claro, a sua inteligência! — Trisha exclama, sarcástica, tirando sarro a uma distância segura, enquanto a Ovelhassauro está me importunando.
Será que essa ovelha gigante não gosta do que é bonito e charmoso?
Estou desesperado e não consigo encontrar nenhum lugar para me esconder.
Meu magnífico cérebro entra novamente em ação, então penso em brincar de "estátua".
Vou me deitar no chão e ficar parado. Assim a Ovelhassauro vai me deixar em paz. E mais uma vez vou provar que a inteligência é superior à força bruta.

CAPÍTULO DOIS

A Ovelhassauro até que é um animal bem evoluído, e acho que só não se tornou médica porque poderia ter problemas para segurar um bisturi com os cascos.

— Menino! — ela me chama. — Pode abrir os olhos! Também faço a mesma coisa quando encontro Lobossauros!

Lobossauros?

Assim que ouço aquela palavra, arregalo os olhos e grito:

— Nãããããooo, Lobossauros, não!

A Ovelhassauro chora de tanto rir e até sente a barriga doer. O que foi que eu disse de tão engraçado?

— Os Lobossauros deixaram Jurássika porque não aguentaram a chatice dos sinistros e preferiram morar em outro lugar.

OS LOBOSSAUROS!

Um favor que os sinistros fizeram, mesmo que sem querer. Eu sorrio para a ovelha gigante... Ela tem cara de inteligente e não me parece um bicho mau. Percebo isso pela maneira como ela franze o nariz e pelos seus meigos e compreensivos olhos.

— Desculpe se incomodamos você! — Trisha interrompe.

DANÇANDO NA CHUVA

Então, eu crio coragem e explico meu plano para ela.
Meia hora depois, a Ovelhassauro parece confusa e
atordoada com minhas palavras.
Por fim, após um grande bocejo, ela diz:
– Oh, entendi tudo! Você é um pouco convencido, mas
o que posso fazer para ajudar?
Eu dou um dos meus irresistíveis
sorrisos e respondo:
– Bem, acho que você
precisa ir ao cabeleireiro.
– Ei, não sabe o que é
educação e gentileza?
Você está falando com
uma dama!

CAPÍTULO DOIS

— Não fique aborrecida. Todos nós precisamos de uma repaginada de vez em quando!
— Está bem! Pode ser que isso até ajude nos meus próximos relacionamentos... Alguns Ovelhossauros têm vindo pastar por aqui ultimamente!
— Boa menina — digo, com gracejo —, considere isso como um investimento em você mesma!
Mas a realidade infelizmente não é amiga da imaginação, e a Ovelhassauro percebe isso quando me vê construindo uma enorme tesoura.
Eu entalho duas lanças, cruzo-as e amarro uma à outra com galhos de trepadeira. Achando tudo muito esquisito, a Ovelhassauro me pergunta:
— O que é isso?
— Chama-se TE-SOU-RA!
— Tem certeza de que esse negócio não vai arruinar minha aparência? Não posso ficar feia!

 E AGORA? NÃO QUERO ASSUSTÁ-LA!

Ela precisa de palavras de incentivo, então procuro o que há de melhor em meu banco de dados mental.
— As outras Ovelhassauros admiram em você uma beleza que acabará rapidamente com o passar dos anos. Mas eu vejo em você uma beleza eterna. Por isso, quando ficar velhinha, você não terá medo de se olhar no espelho e se orgulhará de seu reflexo. Confie em mim!

DANÇANDO NA CHUVA

Minha nova amiga sorri, apesar de ainda estar assustada, pois é a primeira vez que vê uma tesoura.
Parece óbvio que ela tem medo de meu talento como cabeleireiro. Claro, minha ferramenta não dá espaço para imaginação. Devo ensinar para ela o valor do pensamento positivo.

PENSAMENTO...

POSITIVO!

— Precisamos de sua lã, e você precisa de uma aparência mais jovial. Será uma troca justa. Acredite em mim, venho de um mundo civilizado, que se preocupa mais com a aparência do que com o conteúdo; em outras palavras, de onde venho, somos muito bons em cuidar da estética. Pode confiar que eu vou transformar você em uma criatura moderna.
— Não sei, não....
— Pare com isso! Como quer se tornar mais evoluída se tem medo de mudanças?

OK!

CAPÍTULO DOIS

— Está bem, use seus dons para me transformar em uma fantástica Ovelhassauro!
Finalmente, a Ovelhassauro entende que terá a chance da sua vida de se tornar... única.
Então, ela me encara e tenta me ameaçar:
— Se eu não gostar, contarei aos sinistros o que vocês estão tramando!

... Eu a convenci!
Sei que não vai falar nada, pois também não gosta deles.
Ela só disse isso para me assustar.
Finjo que acredito.
Concordo fazendo um gesto com a cabeça e prendo o tesourão em ambas as mãos. Uma mão em cada lâmina.
Estou parecido com Edward – *Mãos de Tesoura*: arrumo os fios de meu cabelo para cima e faço pose como Johnny Depp, naquele maravilhoso filme de Tim Burton.
Não hesito, danço no ritmo da música, graças aos meus AirPods, que sempre trago comigo.
A música me envolve e me leva para bem longe.
Ela me dá mais energia e me ajuda a ser criativo e corajoso.

CAPÍTULO DOIS

De repente, não tenho mais medo de tentar coisas novas. Tenho medo é de não fazer nada.
Devo fazer o meu melhor e ser criativo; do contrário, nunca terei o novelo de lã para salvar Lloyd.
Sinto como se eu fosse um artista e começo a tosa.

ESTOU CHEIO DE IDEIAS!

Primeiro para a direita e depois para a esquerda.
Respiro fundo e continuo a fazer os movimentos com a tesoura no lombo e nas pernas da ovelha.
Por fim, eu me aproximo da cabeça, que requer toda minha imaginação e atenção. Para surpreender a grande Ovelhassauro, imagino que tenho a alma de um pintor e que ela é minha tela.
Quero ser como Picasso... Melhor não, os cubistas pintavam tudo com simetria. Eu criaria uma Ovelhassauro triangular e isso seria o meu fim.
Eu me sinto como o pintor Rafael Sanzio.
Eu li sobre ele e sei que foi o mestre da harmonia e da beleza.
— Pode me chamar de RAFAEL — digo a ela.
Mas a Ovelhassauro não me compreende.
O que uma ovelha entende de arte?
E sabe como ela me responde?

DANÇANDO NA CHUVA

— Pode acreditar que farei picadinho de você se eu não gostar de seu trabalho.

Trisha tem algumas dúvidas sobre minhas habilidades.

Mas sou tão bom que nem eu mesmo poderia fazer melhor do que eu.

Estou exagerando?

Trisha olha preocupada para mim e pergunta:

— Tem certeza de que pode fazer isso, Martin? Nunca vi você fazer um corte de cabelo! Não seja tão orgulhoso... Quer que eu tente?

Ei, como ela ousa duvidar de mim?

Então, eu respondo, muito seguro:

— Se há uma coisa que não suporto, é a arrogância daqueles que pensam que são melhores do que eu!

SE HÁ UMA COISA QUE NÃO SUPORTO, É A ARROGÂNCIA DAQUELES QUE PENSAM QUE SÃO MELHORES DO QUE EU!

DANÇANDO NA CHUVA

Não tenho medo de colocar em prática os meus novos talentos. Tenho mais receio de que alguém não entenda o que estou fazendo.

Percebo que a Ovelhassauro ainda está aflita, então tento acalmá-la:

— Não vale a pena se preocupar tanto com a beleza... O que tem valor é a inteligência. Você com certeza não pagaria cem reais por um corte de cabelo em uma cabeça que vale cinquenta centavos.

Espero que minhas carinhosas palavras sejam suficientes para diminuir sua preocupação. Mas ela não parece apreciar minha ternura.

— De onde eu venho, todos dizem que é possível enfrentar qualquer problema com um belo par de sapatos e um lindo corte de cabelo.

Ela me deixa falando sozinho.

— O que quer dizer? Eu nem sei o que são sapatos... Por isso, só posso me dar bem se tiver um cabelo bonito! Não irrite as Ovelhassauros. Somos instáveis e muito sensíveis.

QUE TEMPERAMENTO!

...O QUE É ISSO

DANÇANDO NA CHUVA

CAPÍTULO DOIS

Peço para a Ovelhassauro se sentar no chão e me penduro em um galho de árvore para poder alcançar a cabeça dela.

Acho que não será fácil impressioná-la, mas meu nome é Martin e vou conseguir atingir meu objetivo.

— Gostaria que você me deixasse parecida com alguém especial... Uma mulher famosa que você conheça. Ouvi um sinistro falar sobre Madonna. Pode cortar meu cabelo igual ao dela?

— Claro que posso, mas já vou avisando que vai parecer que você vive na pré-história!

OVELHASSAUROS VIVEM NOS ANOS 1980?

Percebo que ela está preocupada, então eu sugiro:

— Que tal Dua Lipa? O que acha se eu cortar seu cabelo igual ao dela? No meu mundo, ela é considerada linda e talentosa, além de ser admirada por todos.

Logo vejo uma careta feia bem na minha frente. Ela está assustada e me pergunta:

— Dua Lipa é um Velocirraptor?

Eu dou risada e tento amenizar o medo dela.

— Não! Dua Lipa é uma cantora. Se cortar seu cabelo do mesmo jeito que o dela, verá que todos se surpreenderão diante de sua beleza.

GÊNIO EM AÇÃO!

SE AINDA NÃO FUI CLARO O BASTANTE, ESTOU REFORÇANDO PARA QUE VOCÊ NÃO USE TESOURAS, EXCETO NA PRESENÇA DE SEUS PAIS. MARTIN SOMENTE FAZ ISSO PORQUE TEM UMA TESOURA ESPECIAL QUE NÃO MACHUCA E, PORTANTO, É INOFENSIVA! NÃO FAÇA COMO OS SINISTROS!

DANÇANDO NA CHUVA

— Como posso saber se vou gostar do corte do cabelo dessa cantora?

Mostro para ela uma fotografia que tenho no meu celular.
A Ovelhassauro vê a foto e sorri; percebo uma lágrima em seus olhos. Provavelmente está emocionada porque finalmente terá um novo visual. Quanto a mim, só penso na lã e no novelo que carregarei para o labirinto.
Trisha olha intrigada para mim, como se eu não fosse um cabeleireiro.
E eu sou, por acaso?

Fico um pouco preocupado quando penso nisso, eu nunca cortei nada... Exceto o dedo de um amigo que segurava uma folha de jornal para eu recortar. É por isso que você não deve usar tesouras. Estou confuso... Não acho que um cortador de dedos seja um cabeleireiro.

Não quero decepcionar a Ovelhassauro. Ela confiou em mim, e não quero que sofra. Gostaria de ouvi-la dizer:
— Você me tornou uma Ovelhassauro feliz.

Está curioso para ver
o resultado?
Vire a página!

DANÇANDO NA CHUVA

O corte de cabelo feito por Martin não tem nada a ver com o de Dua Lipa... Mas está tão bonito quanto o dela!

BELO CORTE, MARTIN! VOCÊ PODE LEVAR MINHA LÃ!

LEGAL!

OVELHASSAU TÍPICA DO ANOS 1980

CAPÍTULO DOIS

Visual estiloso...
De outra época...
mas estiloso!

Por sorte, a Ovelhassauro amou o trabalho de Martin!

A OVELHASSAURO MAIS BIZARRA DA PRÉ-HISTÓRIA.

DANÇANDO NA CHUVA

Você conhece o visual dos punks?

Agora, a Ovelhassauro pode definitivamente pensar em se juntar ao Green Day ou aos Ramones.

Queria que ela ficasse tão moderna quanto Dua Lipa, mas, em vez disso, está parecendo uma figura antiquada, como uma estrela dos anos 1970 e 1980.

Minha inspiração foi para bem longe.

Tudo bem, para a ovelha, o futuro ainda está por vir; logo, ela também pode gostar do meu passado.

A Ovelhassauro vai até o lago e observa seu reflexo na água; vê seu cabelo transformado em um foguete prestes a ser lançado ao espaço.

Ela então se aproxima um pouco mais das águas calmas e transparentes do lago, que também reflete o encanto da vegetação onde vive.

Diante do verde das árvores e do azul do céu, surgem a brancura de seu corpo e uma crista ereta e vistosa...

Ela parece uma criatura lendária.

— Gosta desse corte de cabelo? — Trisha pergunta a ela.

Olho ao redor para encontrar uma caverna ou ravina onde eu possa me esconder caso as coisas tomem um rumo perigoso para mim.

— Está ótimo! Pode levar minha lã.

Uau!

Sorte a minha!

CAPÍTULO DOIS

No fim das contas, mirei na lua e acertei as estrelas.
Ganhei mesmo errando!
Estou feliz... Agora posso fazer um meganovelo de lã
e desbravar o labirinto ao lado de Trisha.
Enchemos minha mochila com alguns novelos de lã,
quando Ptero, o Pterodáctilo mais falante do mundo,
fez um voo rasante a centímetros de nossas cabeças.
Eu me aproximo e faço um carinho nele. É um bicho
que se magoa com facilidade; além disso, não tem um
temperamento fácil, e eu sei que ele gosta de abraços.

DANÇANDO NA CHUVA

Não paro de fazer carinho nele, do mesmo jeito que meu pai faz com seu carro.
— Parceiro, o que faz aqui?
— Idolfsdhupui.
Traduzo seu estranho idioma para Trisha:
— Ele quer nos contar o que viu... Disse que seguiu Rapto e Waldo, e que eles estavam seguindo Adam, Mike e Eva. Uma dupla perseguição!

Trisha dá uma sonora risada e pergunta com sarcasmo:
— E ele falou para você tudo isso com essa simples frase? Tem certeza de que não inventou nada?

CAPÍTULO DOIS

Aperto os olhos como um felino e cerro os dentes como um lobo; Trisha rapidamente entende que eu não gosto de ser questionado.

— Trisha, confie em mim. Vou perguntar agora o que ele descobriu.

De repente, a futura governante de Jurássika murmura algo incompreensível e explica:

— Não fique bravo comigo, sou curiosa, né!

Ptero compreende que chegou a hora de me contar tudo, então ele respira fundo e fala de uma só vez:

— Xdk!

DANÇANDO NA CHUVA

— Nãããããooo! — exclamo, assombrado.
Meus ouvidos escutaram tudo, até o que eu não queria; por isso, grito:
— Nãããããooo!
Trisha dá um passo para trás, assustada com meu comportamento.
— Cara, não sei o que o Pterodáctilo falou, mas não parece ser boa coisa.
Ela entendeu perfeitamente que Ptero nos trouxe más notícias.
Decido contar a Trisha, que está a uma distância segura de mim, antes que eu grite novamente.
— Ptero viu os três valentões no ponto do ônibus mágico, e dele desceu um rapaz alto, com jeito arrogante e um longo bigode, ao estilo Dalí, o pintor surrealista. O moço usa grandes óculos quadrados e tem um sorriso cínico, típico dos valentões e dos sinistros.
Trisha franze a testa.
— Posso imaginar o olhar irritante dele. Ptero lhe contou quem era?
— Claro, Ptero foi detalhista. O nome do homem é Bernie, um meteorologista!

CAPÍTULO DOIS

– O que isso significa? O que é um meteorologista? É um especialista em meteoritos?

BERNIE É UM METEOROLOGISTA!

– É uma pessoa que faz a previsão do tempo!
– Um... vidente?
– Não exatamente!
– Que nome você dá a alguém que prevê o futuro?
– Ele só prevê dias bons e ruins!
– Legal! Eles chamaram um vidente!
Por que será que os três valentões foram buscar um meteorologista?

DANÇANDO NA CHUVA

Essa é uma boa pergunta...

Eu não entendo... E enquanto minha mente brilhante tenta entender e relembrar algum detalhe que eu possa ter perdido, conto para Trisha o restante da história:
— Bernie abraçou os valentões e contou a eles que trouxe todo o equipamento necessário para prever o tempo.
— Então, eles chamaram uma pessoa capaz de prever se teremos tempo bom ou ruim amanhã?
— Espere... É claro... Entendi agora! Sim, finalmente descobri por que eles buscaram um meteorologista. Isso certamente foi arquitetado por aquele vilão Senhor Não. Posso imaginá-lo comemorando sua vitória sobre mim.

UM METEOROLOGISTA PARA IMPRESSIONAR!

CAPÍTULO DOIS

TRISHA, A FILÓSOFA!

Ela nunca perde as esperanças e sempre vê o lado positivo dos fatos.

DANÇANDO NA CHUVA

UM PLANO DIABÓLICO!

— O que você está dizendo? Por que eles trouxeram um vidente para Jurássika?
— Por duas razões muito simples... E são as mesmas que estão por trás da ruína do mundo: dinheiro e poder.
— Ainda não entendi — Trisha diz, sem ficar brava desta vez.
Ela não gosta de ser uma mera espectadora dos acontecimentos. Quanto antes entender, mais cedo pode dar sua opinião e agir. Então, tento ser o mais claro possível.
— O Senhor Não precisa de alguém que acerte as previsões para poder ganhar a confiança de todos. Ninguém acredita mais nele, mas a situação será revertida quando ele provar que é capaz de prever o futuro; e assim que conseguir convencer cada habitante de Jurássika, ele poderá dizer que meteoritos não existem e me difamar diante de todos. Seu plano é perfeito!
Ele é pior do que os sinistros. Mas seus planos não

CAPÍTULO DOIS

terminam por aí... Quem dera! Ele ganhará dinheiro com outras estratégias. Os valentões inventarão os guarda-chuvas para vendê-los aos moradores da pré-história. E tudo será feito no momento exato, pois eles saberão com antecedência o que vai acontecer, inclusive as tempestades repentinas.

— Uau! Nunca pensei que fosse dizer isso, mas os valentões são brilhantes! — foi a única coisa que Trisha pôde concluir. De fato, o plano do Senhor Não é perfeito.

— O que faremos agora? — Trisha pergunta.

— Primeiro, temos de libertar Lloyd; depois, pensaremos em um plano para contra-atacar o Senhor Não! Ele será capaz de convencer todo mundo. As pessoas não querem acreditar em meteoritos, ainda mais quando um sujeito que prevê o futuro afirma categoricamente que meteoritos não existem.

OS VALENTÕES SERÃO AS ESTRELAS DAQUI... TODOS VÃO AMÁ-LOS!

Preciso deter esses malfeitores.

DANÇANDO NA CHUVA

CAPÍTULO DOIS

DANÇANDO NA CHUVA

CAPÍTULO DOIS

Agradeço a preocupação da minha amiga.
Além de ser muito determinada, ela também sabe ser prática...
Trisha entende perfeitamente nossas prioridades. Em primeiro lugar, precisamos salvar nosso amigo, e depois pensaremos no que fazer com os sinistros.

LLOYD, NÓS VAMOS SALVÁ-LO... MESMO QUE NOSSAS PERNAS ESTEJAM TREMENDO DE MEDO!

O labirinto nos espera.
Sabemos que é uma armadilha preparada pelo gênio do mal, o Senhor Não.
Amamos Lloyd e queremos salvá-lo. O medo NÃO nos deterá.
Trisha e eu estamos prontos.
Tecemos a lã, fizemos um meganovelo e o escondemos em minha mochila.
— Não está nem um pouco preocupado? — Trisha me pergunta.
Eu sorrio e, com minha costumeira segurança de herói sabe-tudo, replico:
— Os sinistros ficarão com medo do meu medo!
Trisha sorri... Mas não entende a minha piada. Tenho certeza de que ela não entendeu porque eu também não entendi.
Só que isso não importa... Porque chegamos diante da entrada do labirinto, e você chegou ao final do segundo capítulo!

93

CAPÍTULO 3
Isto não é um jogo de palavras cruzadas, mas sim um labirinto!

Capítulo 3

Querido Diário,

Você conhece a história da criança assustada que se escondeu sob as cobertas e falou gritando para sua mãe:

— Mamãe, estou com medo do escuro.

A mulher não se levanta do sofá e tranquiliza o filho dizendo:

— Querido, não se preocupe. Mandarei o monstro acender a luz para você.

O que quero dizer com isso?

Que, às vezes, devemos superar nossos medos sozinhos! Sozinhos! Você me entende?

VALENTÕES E SINISTROS... ECA!

DANÇANDO NA CHUVA

Trisha é mais corajosa do que eu e me empurra.
Meus pés escorregam na estrada esburacada e acabo poucos metros à frente do labirinto.
Não gosto mesmo dele.
As paredes são muito altas; seria impossível escalar os muros e bem difícil saber qual caminho seguir estando lá dentro.

SERÁ QUE NOSSOS HERÓIS VÃO SE SAIR BEM?

CAPÍTULO TRÊS

Todos os caminhos parecem iguais, e as paredes estão prestes a cair.
Se elas caíssem sobre minha cabeça, seria um grande problema.
Um grande, graannde problema!
Afinal, meu cérebro deve estar sempre protegido!

SERÁ QUE ESSE LABIRINTO TEM MESMO UMA SAÍDA? QUEM VERIFICOU SE HÁ ALGUMA PORTA QUE NOS LEVE AO LADO DE FORA?

ISHA, SERÁ E É UMA BOA EIA ENTRAR? SE HOUVER ONSTROS LÁ DENTRO?

E SE ELES NOS OBRIGAREM A JOGAR PEDRA, PAPEL OU TESOURA?

PROIBIDO GPS!

DANÇANDO NA CHUVA

Por que sempre existe uma parede no caminho da vida?

Trisha tenta me encorajar.
— Vamos entrar, resgatar Lloyd e voltar para nossos amigos!
Ela faz tudo parecer tão simples.
Eu sigo a direção de sua voz e só ouço o eco de suas palavras.
Não há sinal dela.
Onde está Trisha?
Um segundo antes, ela estava bem atrás de mim, e agora
só escuto sua voz a distância.
Talvez ela tenha parado quando virei a esquina.
Tento voltar, ainda não tivemos tempo para desenrolar
o novelo de lã, mas Trisha desapareceu.
Como isso pode ser possível?
Eu grito:
— Trisha! — Espero que o som da minha voz atravesse
as paredes e alcance os ouvidos da minha amiga.

PRRRRRRR!!!!

UMA LEGÍTIMA LÍNGUA BARULHENTA!!

De onde vem esse barulho? E quem o fez?

CAPÍTULO TRÊS

— Onde você está?
— Aqui, atrás da parede!
— Não se preocupe! Já estou chegando aí!
— Não, Martin, você não pode vir até aqui!
— Por que não?
— Porque estou trancada deste lado. O labirinto tem um cronômetro. Se você for muito lento, as portas se fecharão e você ficará preso também.
— Isso não é nada bom. Odeio quando os planos se complicam. Não seria melhor ter uma aventura sem nenhum contratempo? Em vez disso, sempre tenho de bancar o herói!
— O que faremos agora? — pergunto a ela.
Eu sei, um líder nunca deveria fazer esse tipo de pergunta. Tento ficar tranquilo, mas na verdade não sei o que fazer.
Trisha vai pensar em algo...

DANÇANDO NA CHUVA

Com certeza ela vai.

— Martin, você deve seguir adiante e salvar nosso amigo Lloyd!

— E você?

— Não se esqueça de que sou uma mulher, e nós, mulheres, não precisamos de príncipes encantados para nos livrar de apuros!

— Mas eu sou um novo modelo de homem, acredite!

— Vá e salve Lloyd, Martin. Vou encontrar um jeito de sair deste buraco.

— Por que não usa o poder da chama e queima as paredes?

— Porque não sou a Tocha Humana, e isto aqui não é uma história em quadrinhos, ora essa!

Por um instante, sinto que posso falhar. Mas nasci para vencer e só desisto quando alguém apaga a última luz no fim do túnel ou quando um livro de Osbourne chega ao fim, ou seja, nunca!

Eu sei que essa frase não faz muito sentido.

Não tosei uma Ovelhassauro à toa. Estou ativando meu cérebro, pois, sempre que funciona, ele é muito melhor do que uma convenção de gênios.

— Tente jogar minha mochila para mim, por cima da parede. Vou resgatar Lloyd e depois voltaremos juntos para tirarmos você daí. Com sorte, sairemos por onde entramos. Meu plano não é genial?

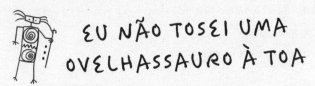

DANÇANDO NA CHUVA

Trisha lança o novelo de lã por cima da parede, e ele cai bem na minha cabeça.
Minha amiga dá risada, talvez porque eu diga coisas ridículas. Mas se ela tivesse visto Emily em Paris, eu lhe pareceria mais inteligente.
AI!!
Eu amarro o novelo de lã à parede onde Trisha está presa e sigo adiante pelo labirinto.

CAPÍTULO TRÊS

Eu finalmente descubro o mistério das LÍNGUAS BARULHENTAS!
Estou diante de duas portas... e com um Palhaçossauro no meio.
Pobrezinho, é um dinossauro estranho disfarçado de palhaço.
Ele está parado na minha frente e não me deixa passar.

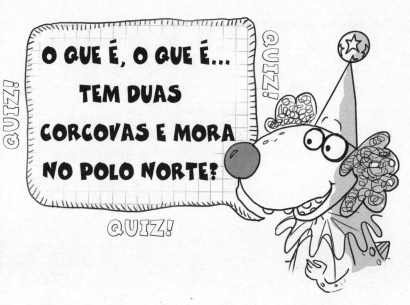

O QUE É, O QUE É... TEM DUAS CORCOVAS E MORA NO POLO NORTE?

QUIZ! QUIZ! QUIZ!

O Palhaçossauro só abrirá a porta certa se eu conseguir responder à charada. Desta vez, o Senhor Não se divertiu muito arquitetando seu plano perfeito.
Peço ao palhaço para me dizer a resposta do enigma e parar de fazer graça com sua língua barulhenta; eu não acho isso nada engraçado, exceto quando eu faço o barulho, claro!

DANÇANDO NA CHUVA

— O que é, o que é... Tem duas corcovas e mora no Polo Norte? — o Coringa pré-histórico me pergunta.

É UMA CHARADA MUITO DIFÍCIL... MAS NÃO PARA MIM!

Fico imaginando a pessoa que pensou nesse enigma. O Senhor Não e os valentões não têm inteligência para isso. Eu diria: "Papai Noel na frente do espelho". Mas certamente a resposta é mais engraçada do que essa. Respiro fundo e tento adivinhar.
— Um camelo perdido!
O Palhaçossauro ri de novo e, claro, faz graça com a língua barulhenta outra vez. Ele acha que crianças como eu sempre se divertem com essa baboseira.

CAPÍTULO TRÊS

Respondo tudo corretamente, e o Palhaçossauro fica tão atordoado que me pergunta:

— Cara, quer ficar aqui no labirinto e ser meu assistente? Você tem um belo futuro como comediante!

Ele estava impressionado com meu talento, mas o que não sabe é que sou o escolhido para salvar o mundo. Não posso gastar toda minha vida em um parque de diversão dos sinistros.

— Obrigado, mas meus amigos e eu temos planos de salvar o mundo!

— Que tarefa mais desafiadora!

— Muito... Sempre tenho de descobrir tudo sozinho. Mas para fazer parte dos livros de história, você tem a obrigação de salvar o mundo, e isso sem machucar ninguém, é claro!

— Vou sentir sua falta, garoto!

Sorrio para o palhaço e me despeço. Ele grita na minha direção, de longe:

— Ei, Martin... Adivinhe mais esta: o que dois piolhos fazem na cabeça de um careca?

— Fácil: eles andam de mãos dadas para não escorregar!

O Palhaçossauro chora de tanto rir.

— Essa charada sempre me faz rir... Adeus e...

PRRRRRRR!!!!
PRRRRRRR!!!!

DANÇANDO NA CHUVA

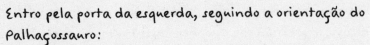

Entro pela porta da esquerda, seguindo a orientação do Palhaçossauro:
— Você não deve abrir a outra porta; caso contrário, voltará para onde começou e perderá muito tempo.
Deixo o fio do enorme novelo atrás de mim.
Quero ter certeza de que voltarei para Trisha.
Assobio porque estou feliz.
Meu otimismo vai embora quando ouço um grunhido. Parece um chiado amplificado. Nojento. Estou aflito e meu sorriso "conquistador de beijos" logo desaparece do meu rosto, restando apenas uma expressão questionadora do tipo: "será que eu posso ir para casa?".
— Não estou surpreso com a sua presença! — o Minotauro me fala em um tom arrogante.
Os sinistros fizeram um bom trabalho. Não pouparam recursos e até contrataram um Minotauro de verdade.
Então, com uma voz rouca e enfática, como um ator de teatro, ele diz:
— Sou um Minotauro... Uma figura da mitologia grega, com características de um touro antropomórfico: metade homem, metade touro.
Ele mais parece um boneco da Euro Disney...

CAPÍTULO TRÊS

DILEMA CIENTÍFICO:

O Minotauro tinha carrapatos? Como ele escovava os dentes? Será que era feliz vivendo no labirinto?

DANÇANDO NA CHUVA

Ele não se parece nada com uma criatura assustadora. Talvez tenha contas para pagar e aceitou esse emprego porque há muito preconceito contra Minotauros.

Não acredito que haja muitos empregos para alguém assim, exceto como bicho-papão em labirintos.
— Mino — falo com ele calmamente e a uma distância segura —, acho você perfeito para o trabalho, mas que tal me deixar passar? Tenho de salvar um amigo. Estou em cima da hora. Mas devo parabenizar você: está cumprindo muito bem o seu papel!
Mino, como se fosse um brinquedo repetindo a mesma frase várias e várias vezes, apenas recita:
— Eu sou um Minotauro... Uma figura da mitologia grega, com características de um touro antropomórfico: metade homem, metade touro.
Beleza, eu já entendi!
Parece que o Mino tem problema de autoestima.
— Se eu der um *like* na sua interpretação, vai me deixar passar?
Talvez ele seja um cara que vive de "curtidas"!

DANÇANDO NA CHUVA

O Minotauro tem um mau humor danado e me mostra seus dentes fedorentos. Dou um passo para trás para não correr o risco de morrer asfixiado. Ele deve ter comido carne podre. Impaciente, faz um gesto com as mãos para que eu entregue o novelo de lã.
— Vamos, é melhor me entregar de boa vontade.
— Eu não posso... Como vou encontrar o caminho de volta?

UM MINOTAURO APAIXONADO!

CAPÍTULO TRÊS

— Espertinho! Regras são regras. Se for para permitir que todos entrem em labirintos com novelos de lã, é melhor derrubar as paredes e construir uma estrada aqui dentro. Tenha respeito pelas pessoas que têm empregos como o meu. Você deve cruzar o labirinto sem usar um novelo de lã! Desse jeito, cedo ou tarde, serei obrigado a dar a senha do Wi-Fi para todos se conectarem ao Google Maps. Era só o que me faltava!

— Não! Não posso entregar o novelo; caso contrário, como vou encontrar meus amigos novamente?

O Minotauro é uma criatura de pouca conversa; ele arranca o novelo das minhas mãos e, como se estivesse faminto por uma comida gostosa, começa a devorar o monte de linha enrolada. Ele é um perfeito comilão, pois enche a boca sem se preocupar se vai passar mal.

— Que coisa horrível! — ele exclama depois de alguns segundos. — Mas pelo menos garanti meu salário do mês. Está liberado para seguir seu caminho agora, mas já aviso que nunca vai sair do labirinto. Pode acreditar.

— Isso não é justo! — eu grito, batendo os pés no chão.

Minha vontade é de soltar o meu famoso pum na cara dele, mas penso que ele não merece isso, apesar da sua maldade. Sigo em frente. O Mino já não está interessado em atrapalhar o meu caminho, mas antes que eu desapareça de sua vista, ele diz:

— Menino, não seja tão sensível! Gosto de companhia no meu local de trabalho!

DANÇANDO NA CHUVA

Depois de perder dez minutos tentando sair do beco sem saída no qual eu me meti, encontro o meio do labirinto e abro a gaiola onde meu amigo Lloyd está trancado. Ele não parece se importar com sua atual situação, pois segue cantando, mais desafinado do que nunca, a plenos pulmões.
— Quero cantar para fazer uma homenagem ao sol, que brilha no labirinto, e à lealdade do Minotauro!
Coitado, ele ainda nem descobriu quem são os mocinhos e os bandidos da história.

CAPÍTULO TRÊS

DANÇANDO NA CHUVA

Eu abraço o Lloyd e ele me abraça de volta.

— Nós sentimos a sua falta. Agora que o libertei, devo dizer que temos um pequeno problema.

— E qual seria?

— Precisamos achar a entrada do labirinto onde Trisha está presa.

— Nãããããooo! — Lloyd exclama, cantando como sempre.

— Vocês não precisam se preocupar comigo! — Trisha interrompe, surgindo atrás de mim.

— O que está fazendo aqui? Como conseguiu chegar até nós?

ENCONTREI MEU AMIGO NOVAMENTE... O CANTOR MAIS DESAFINADO DE TODOS!

— Eu já falei: nós, mulheres, não precisamos de ajuda. Quebrei a parede com a minha cabeça dura, você sabe como sou teimosa! Consegui chegar até aqui graças ao segundo novelo de lã que estava na sua mochila.

— Então, agora nós poderemos encontrar a entrada, que também será nossa saída?

— Sim!

— Eba! Agora, só precisamos lutar contra os sinistros e o meteorologista!

— ... o vidente! — completa Trisha, dando risada.

CAPÍTULO TRÊS

CAPÍTULO 4
Como está o tempo?

Capítulo 4

Bernie, o meteorologista, recebe aplausos de todos os habitantes de Jurássika.
Ele se apruma todo orgulhoso no palco que os sinistros montaram no centro da praça principal da cidade.

DANÇANDO NA CHUVA

Mike toca de leve no bigode do homem e declama o texto que memorizou para impressionar os moradores de Jurássika.

— Bernie, você conhece o futuro porque faz previsões sobre ele. Conte a todos nós se seremos extintos por causa de meteoritos.

Bernie sorri. Ele sabe a resposta, pois o Senhor Não já preparou o discurso para o sabichão.

— Martin andou contando um monte de mentiras. Não haverá extinção de dinossauros. Os meteoritos são apenas pedras bonitinhas que, se acertarem nossa cabeça, farão somente lindos calombinhos...

Eva, com o traje perfeito para a ocasião, disfarça para ler os lembretes escondidos em sua mão, enquanto pergunta a Bernie:

— Por que está segurando esses guarda-chuvas? O dia está ensolarado. Só um mágico pode dizer que vai chover. Explique isso, nosso poderoso guia!

GUARDA-CHUVAS DOS SINISTROS!

CAPÍTULO QUATRO

Bernie abraça o Senhor Não, que caminha pelo palco, e responde para Eva:
— Hoje vai chover. O tempo vai mudar em poucos minutos. Eu sei porque sei que sei. Eu sou o conhecimento. Comprem os guarda-chuvas do Senhor Não! Eles serão seu abrigo. Sei que é difícil acreditar em mim... Mas conheço tudo do amanhã. Assim como sei que dinossauros não se tornarão extintos, também sei que vai chover em cento e oitenta segundos. Se acreditarem em mim, a vida de vocês vai melhorar muito!

Todos os dinossauros de Jurássika aplaudem, mas ninguém compra guarda-chuvas. Parecem cautelosos.
O Senhor Não sorri porque também previu essa situação. Ele sabe que, assim que cair a primeira gota de água, todos pensarão melhor e correrão para comprar guarda-chuvas... Mas o vilão não vai mais vender por cinco, e sim por quinze dinomoedas, cada. Mike olha para o céu e de repente uma rajada de vento gelada o atinge. As nuvens se movem rapidamente e mancham de cinza o céu azul.
Em poucos minutos, o dia ensolarado é tomado por um clima sombrio. O azul-celeste de momentos antes torna-se escuro e assustador, e a chuva não tarda a chegar, surgindo de trás das nuvens e caindo pesada entre os dinossauros que, em uníssono, gritam:
— Nããããooooo!
Por ora, é evidente que Bernie pode prever o futuro!
Todos exclamam:
— Vida longa ao Senhor Não! Vida longa ao Bernie!

DANÇANDO NA CHUVA

Os sinistros adoram ter líderes poderosos. O meteorologista, antes de deixar o palco e abraçar seus fãs, acena com as mãos para que todos se acalmem, limpa a garganta e diz:

— Em três dias, uma onda de calor chegará... Será o "dia do sol". A temperatura atingirá 30 graus e, apesar de ser inverno, poderemos ir à praia. Em exatos três dias, saberão quais surpresas teremos para vocês!

O Senhor Não pega o microfone e cumprimenta seus adoradores com seu sorriso de inúmeros dentes.

— Estamos ansiosos para reencontrá-los de sunga e maiô daqui a três dias! E lembrem-se:

nós prevemos o futuro,
Martin só atrapalha!
Nós somos os sinistros!
Durante esses três
dias, vocês poderão
usufruir de momentos
ensolarados e
sem um pingo
de chuva!

PRECISO MARCAR NA MINHA AGENDA PARA ME ENCONTRAR COM OS SINISTROS EM TRÊS DIAS. NÃO POSSO DECEPCIONAR BERNIE!

CALENDÁRIO

BERNIE ME ODEIA... COMO SERÁ O CLIMA NO CORAÇÃO DELE?

CAPÍTULO QUATRO

Nós assistimos ao terrível espetáculo dos sinistros escondidos na grama.
Decidimos fugir, antes que a multidão se disperse e algum herbívoro acidentalmente nos devore.
Corremos de volta para a escola, e eu me acomodo em uma carteira.
Waldo, Trisha, Lloyd e Rapto, muito bravos, mas tristes, também se sentam em suas carteiras.
Passado o medo, Trisha é a primeira a quebrar o silêncio.
— Martin, qual é o seu plano? Você sempre tem um plano!
Coloco na cara uma das minhas expressões de gênio e, de braços cruzados, respondo:
— Claro que tenho um plano! Um plano brilhante, aliás!
Waldo se anima como se tivesse visto uma luz no fim do túnel e se aproxima.

DANÇANDO NA CHUVA

— Martin, fale sobre seu plano! Vamos... Nós, pássaros, somos ansiosos e não gostamos de esperar — disse Waldo.
Eu me aproximo da lousa e explico.
— Meu plano é arruinar o "dia de sol" de Bernie e do Senhor Não para que eles façam papel de bobos diante de todos os habitantes de Jurássika.
— Como pretende fazer isso? — pergunta Rapto.
— Traremos a chuva para cá! — eu respondo rapidamente, sem pensar.
Lloyd intervém, gritando:
— Vamos chamá-la cantaaaanndooo!
Trisha o repreende, tapa a boca dele com uma folha e pergunta:
— Como faremos isso? Não se pode criar a chuva!
— Obviamente que não! Mas eu tenho uma ideia. Se chover no dia ensolarado, ninguém acreditará nas previsões de Bernie, nunca mais! Todos os dinossauros nos seguirão e salvaremos o mundo!

DILEMA CIENTÍFICO:

Por que só amamos a chuva quando não está chovendo? Por que o sol depois da chuva é muito mais bonito do que o sol antes dela?

DANÇANDO NA CHUVA

Trisha já está diante da porta e exclama:
– Vamos!
– Por que não se sentam? Vocês deveriam ouvir meu superplano de gênio primeiro.

1) FAREMOS NUVENS FALSAS;

2) PRECISAM SER NUVENS GIGANTES E PINTADAS COM PERFEIÇÃO. OS PTERODÁCTILOS AS LEVARÃO ATÉ O CÉU;

CAPÍTULO QUATRO

3) DAREMOS A CADA PTERODÁCTILO CINCO GARRAFAS CHEIAS DE ÁGUA...

CINTO PARA PRENDER AS GARRAFAS DE ÁGUA

4) OS PTERODÁCTILOS SE ESCONDERÃO ATRÁS DAS NUVENS E DERRAMARÃO A ÁGUA COMO SE FOSSE CHUVA DE VERDADE;

DANÇANDO NA CHUVA

CAPÍTULO QUATRO

DANÇANDO NA CHUVA

– Seu plano é genial! – Trisha me elogia, empolgada.
Rapto faz uma brincadeira sobre isso:
– Você sabe quem é o sinistro gênio? O sinistro que tem um lampejo de genialidade, mas percebe que não tem talento algum!
Com Rapto é mais fácil rir do que respirar. Ele sempre vê o lado bom e divertido das coisas.
Waldo me abraça comovido e diz:
– Fico feliz em saber que você confia em minhas habilidades como pássaro.
– Sem dúvida, mas é melhor usar a asa-delta, pelo menos, por segurança – eu concluo.
– Tudo bem, chefe! Eu amo você mesmo assim!
– Venham! – grito para toda a tripulação. – Está na hora de arruinarmos o dia de sol dos sinistros!
Elaborei um superplano.
Tudo pronto! É hora de entrarmos em ação.

O pior está por vir

O que os sinistros estão tramando?

O que farão...

Como acessaram...

Para saber, continuem lendo meu diário...

CAPÍTULO 5
O final imperfeito

64 HORAS DEPOIS - O DIA DO SOL

Bernie é tão desagradável quanto um rato que não deixa a gente dormir e se enfia dentro da calça do pijama.
Ok... Talvez eu esteja exagerando e também não seja um grande contador de histórias, mas o bigodudo está insuportável desfilando suado e fedorento pelo palco.
Todos os dinossauros de Jurássika se reuniram no centro da cidade.
Como previsto por Bernie, o dia já começa com um calor tão sufocante, tão quente que fico imaginando se os dinossauros não foram extintos por causa das altas temperaturas.
Rapto está pingando de suor, prestes a criar um lago artificial à sua volta.
Trisha está usando as penas de um pavão como leque...
Ele ainda está vivo, é claro, e não para de gritar.
Lloyd trouxe um pedaço de iceberg para lamber como um sorvete para matar sua sede.
Adam, Mike e Eva estão no meio da praça, vendendo guarda-chuvas com a marca do Senhor Não, e eu estou vestindo roupa de praia.

CAPÍTULO CINCO

DILEMA CIENTÍFICO:

Como era a vida do primeiro dinossauro do mundo? E, mais importante ainda, ele percebeu que era vegetariano depois de comer um peru inteiro?

Agora é hora de agir. Nosso plano é perfeito. Waldo e os Pterodáctilos estão prontos para voar, pelo menos, eu acho que sim. Em vez disso, acontece o que os escritores sérios chamam de "reviravolta". Antes de subir na asa-delta, Waldo se aproxima da hipergarrafa de água que será usada para criar o aguaceiro.

Meu amigo está sem fôlego e com a língua de fora por causa do intenso calor.

— Este calor está terrível... Assim como o mau hálito do Senhor Não.

Parece que Waldo está prestes a desmaiar. Ele me chama para explicar que, antes de voar, precisa tomar um gole de água da supergarrafa.

— Martin... Se eu não beber, vou desmaiar. Sou um pássaro, e pássaros bebem muita água!

133

DANÇANDO NA CHUVA

— Por favor, se beber, não exagere — eu imploro —, não vá esvaziar a enorme garrafa!
Waldo toma um gole e depois outro... E outro... E muitos outros... Para o infinito e além!
— Basta! — eu o repreendo — Não temos tempo para voltar ao lago e encher a garrafa de novo!
Waldo não me escuta... Ele continua a beber "o aguaceiro" e acaba com o nosso plano!

NÃO NOS PREPARAMOS PARA O CALOR!

CAPÍTULO CINCO

Quando eu acho que ainda estou à beira do penhasco, na verdade me dou conta de que já estou caindo, rolando para o desfiladeiro.
Os Pterodáctilos abandonam as falsas nuvens na rua e, agarrando as garrafas de água, voam em direção à praça.
Para fazer o quê?
Óbvio: revender as garrafas de água a todos os dinossauros que estão à beira do desmaio!
Este é um verdadeiro desastre! Meu plano está se tornando tão inútil quanto um fósforo usado. O mundo será destruído por causa dos meteoritos, e não serei capaz de fazer nada para evitar isso!

PTERODÁCTILOS NÃO SÃO NADA CONFIÁVEIS!

DANÇANDO NA CHUVA

Penso que são minhas lágrimas e meu suor que estão me deixando molhado, mas estou enganado! Olho para o céu e percebo que nuvens cinzentas, raivosas e carregadas de chuva estão escondendo o sol e seus raios.
Está chovendo! Como isso é possível?
A previsão de Bernie está errada.
Estou atrás do palco, escutando tudo.
Bernie sussurra com a cabeça baixa e os ombros encolhidos.
O Senhor Não estica seu pescoço para tentar ouvir o que o meteorologista está dizendo.
— Eu inverti os dias no calendário; troquei o dia de hoje pelo dia de amanhã. Fiquei confuso...
O Senhor Não mostra a ele seus dentes de poucos amigos e o repreende.
— Isso significa que todos acreditarão apenas em Martin e pensarão que falamos um monte de asneiras.
Mike, que está parado atrás deles, intervém balançando a cabeça:
— E por acaso não falamos um monte de bobagens mesmo?

DE REPENTE, COMEÇA A CHOVER!

136

DANÇANDO NA CHUVA

Os habitantes de Jurássika começam a vaiar o Senhor Não e olham para mim, aplaudindo.
— Vida longa ao Martin!
Há uma multidão diante dos meus olhos, e vejo que todos me amam. Finalmente, não há mais dúvidas sobre isso. Eu me sinto feliz.
Imediatamente subo no palco e pego o microfone. Waldo, Lloyd, Trisha e Rapto olham para mim com admiração. Tenho que dizer a coisa certa. Agora, eles vão entender por que represento o Steve Jobs deles.
Sinto que o mundo precisa de um líder sábio e inteligente que falará A VERDADE. Estou pronto e digo:
— Os meteoritos vão nos destruir... Mas eu tenho em mente um plano que nos salvará da extinção. Vocês têm sorte porque uma mente notável e iluminada como a minha está disponível para ajudar e guiar vocês a um novo mundo, seguro, tranquilo e...
Antes que eu pudesse concluir a frase, meteoritos começam a cair do céu... Eles não são como eu pensei; são pedras minúsculas, muito pequenas. Talvez não assustem nem as formigas. Quem escreveu os livros de história e de ciências? Será que eu estava errado? Na verdade, agora tenho certeza de que eu estava enganado. Ao longe, posso ver uma fumaça subindo entre as nuvens. É de uma fábrica? Impossível! Não há fábricas na pré-história!

CAPÍTULO CINCO

Meteoritos são pedras pequenas e inofensivas, até mesmo para as formigas! Calculei mal!

MÁS NOTÍCIAS CHEGANDO!

E LÁ VAMOS NÓS DE NOVO! SEM TEMPO PARA DESCANSO!

DANÇANDO NA CHUVA

Isso não pode ser verdade!
Quero entender melhor o que está acontecendo. E se os sinistros chamarem Bernie para criar a primeira indústria na pré-história?
E se essa indústria criasse um buraco na camada de ozônio e causasse a extinção dos dinossauros?
Mais uma vez, eu serei obrigado a QUASE salvar o mundo jurássico.
Um herói nunca tem tempo para descansar.
Chamo todos os meus amigos e digo:
— Descobri qual será nossa próxima batalha: o buraco na camada de ozônio!
Outra aventura me espera.
Até breve, meu querido amigo!
de seu brilhante
Martin

"Não seja refém da ideia de viver o fruto dos pensamentos alheios. Não permita que a opinião dos outros abafe sua voz interior. E o mais importante, tenha coragem de seguir seu coração e sua intuição. De alguma forma, no fundo, eles já sabem o que você quer se tornar. Todo o resto é secundário."

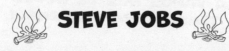